Loi n° 49-956 du 16 juillet 1949 sur les publications destinées à la jeunesse, modifiée par la loi n° 2011-525 du 17 mai 2011

# Le petit ourson qui n'avait pas de chance

## Comprendre le sens des épreuves de la vie et la résilience

# Collection des contes d'Ankaa :

LE PETIT TSAR QUI NE VOULAIT PAS ÊTRE PAUVRE
**Comprendre la loi de l'attraction et la pensée positive**

LA PETITE ÉTOILE QUI N'AVAIT PAS PEUR DE LA NUIT
**Comprendre et accepter le deuil**

LE PETIT CHEVALIER QUI N'AVAIT PAS D'ÉPÉE
**Développer la confiance en soi et accepter ses différences**

LE PETIT LUTIN QUI CROYAIT À LA MAGIE DE NOËL
**Croire en ses rêves et développer son pouvoir de création**

LE PETIT FUNAMBULE QUI N'AIMAIT PLUS LE CIRQUE
**Comprendre et accepter la séparation parentale**

LA PETITE FILLE QUI N'AIMAIT PAS L'ÉCOLE
**Développer ses capacités et ses aptitudes et se valoriser sans se comparer**

LE PETIT FERMIER QUI POSSÉDAIT DE GRANDS POUVOIRS
**Comprendre et accepter ses aptitudes subtiles et énergétiques**

LE PETIT CASSE-NOISETTE QUI AVAIT PEUR DU MAGASIN DE JOUETS
**Affronter et dépasser ses peurs**

LA PETITE VOLEUSE DE DIAMANTS QUI VOULAIT BRILLER
**Comprendre l'importance de la droiture et de l'honnêteté**

Stéphanie Abellan

# Les Contes d'Ankaa

## Le petit ourson qui n'avait pas de chance

Comprendre le sens des épreuves de la vie et la résilience

## www.lesmedeoresdankaa.fr

Auto-édité par Stéphanie Abellan

Couverture : Noémie TricochePonkino
Instagram : Ponkino / Mail : ponkinocontact@gmail.com

Le code de la propriété intellectuelle interdit les copies en reproduction destinées à une utilisation collective. Toute représentation ou reproduction intégrale ou partielle faite par quelque procédé que ce soit, sans le consentement de l'auteur ou de ses ayants cause, est illicite et constitue une contrefaçon, aux termes des articles L.335-2 et suivant du Code de la propriété intellectuelle

© Tous droits réservés. Stéphanie Abellan, 2019

# Stéphanie Abellan

Thérapeute spécialisée sur la mémoire cellulaire depuis de nombreuses années, Stéphanie Abellan a inventé et créé le concept de bijoux énergétiques medeores qui permettent de nettoyer et de libérer les mémoires bloquantes émotionnelles et énergétiques.

Chaque conte d'Ankaa est tout d'abord écrit de manière à guider l'enfant à développer ses valeurs spirituelles. Une thématique est abordée afin de l'aider à grandir de façon consciente.

Mais ces contes lui permettent également d'accroître ses propres valeurs morales. L'enfant y rencontrera des notions fondamentales telles que l'empathie, la famille, le partage, la tolérance, etc.

Vous retrouverez l'ensemble des outils et des soins proposés par Stéphanie Abellan sur le site :

www.lesmedeoresdankaa.fr

Mais également sur le compte Instagram « lesmedeoresdankaa » où du contenu gratuit et divertissant vous est proposé autour de la spiritualité et du développement personnel afin d'avancer plus légèrement sur ce chemin.

# Avant-propos

Bienvenue à toi petit magicien en herbe, dans ce livre de conte énergétique. Sache que tu possèdes de nombreux pouvoirs magiques que cette collection de livres va t'apprendre à maîtriser et à utiliser afin que tu puisses les appliquer dans ton quotidien.

Chaque personne est en réalité un magicien. Certaines le savent déjà et utilisent leurs pouvoirs tous les jours et d'autres n'ont même pas conscience qu'elles possèdent autant de magie en elles !

Et toi, savais-tu que tu étais un magicien ?

Ensemble, nous allons t'expliquer et te raconter une histoire qui réveillera toutes ces facultés que tu possèdes en toi.

Chaque personnage de chaque conte d'Ankaa est une facette qui est déjà en toi. Grâce à chaque histoire, tu pourras toi aussi faire comme le héros du livre et créer ta réalité !

Je te souhaite une magnifique lecture et comme tout bon magicien n'oublie pas de poser à côté de toi tes pierres magiques.

Ça peut être un quartz rose pour t'apaiser, une charoïte pour libérer ton mental, ouvrir tes facultés subtiles et calmer l'anxiété ainsi que les cauchemars, ou bien encore une larimar si tu as des chagrins, des frustrations ou des colères que tu veux déposer pour te sentir plus léger…

Avant de commencer la lecture de ce conte, mon petit magicien, je vais te donner quelques petits conseils.

Tout d'abord, nous allons installer un rituel pour chaque lecture : si tu es encore un apprenti magicien et que c'est une personne que tu aimes et avec qui tu te sens très à l'aise qui te lit l'histoire et UNIQUEMENT si tu le souhaites, nous allons commencer par créer un mini nuage d'amour.

Tu vas prendre les mains de cette personne : l'un de tes deux parents par exemple, mais ça peut aussi être un autre être qui t'est cher !

Vous allez ensuite vous regarder dans les yeux durant 30 secondes ! Oui, je sais, petit magicien ! Cela te paraît long, mais en réalité vous n'allez pas faire que vous regarder !

Durant ces 30 secondes, vous allez vous envoyer des pensées d'amour !

Vous pouvez envoyer n'importe quelles phrases qui vous font plaisir : *« je t'aime, maman »*, *« papa est le plus beau papa du monde »*, *« tu es très joli(e) »*, etc.

À la fin de ces 30 secondes, vous allez ensuite faire un énorme câlin !

Vous allez à ce moment-là sentir quelque chose… de magique ! Toutes les pensées d'amour et de bienveillance que vous vous êtes envoyées seront encore présentes énergétiquement autour de vous ! Durant ce câlin, vous pouvez vous amuser à ressentir leurs vibrations.

Si tu lis ce livre tout seul comme un magicien junior, alors tu pourras faire le rituel tout seul !

Durant 30 secondes, tu vas t'envoyer tout plein de compliments ! Imagine que tu es une immense star et que des millions de personnes t'admirent et veulent être comme toi ! Que diraient-elles de toi ?

Une fois que tu te seras complimenté, tu pourras te serrer très fort dans les bras !

Maintenant que le rituel magique de début de conte est terminé, nous allons pouvoir ouvrir le grimoire.

Bienvenue dans un nouveau monde magique… Bon voyage !

Il était une fois un petit ourson nommé Orsen. Il habitait dans une grande forêt peuplée de centaines d'autres animaux.

Orsen était un gentil ourson, il écoutait la plupart du temps sa maman et son papa, même si parfois il n'en faisait qu'à sa tête.

Sa famille habitait dans une cabane en bois fabriquée par papa ours de ses propres pattes. Leur maison n'était pas la plus grande de la forêt, mais Orsen l'adorait, elle était petite et conviviale et tous ses amis y étaient les bienvenus.

Tous les jours après l'école, Orsen avait le droit de jouer devant chez lui avec Dana la petite biche et Ousti le petit singe facétieux.

Tout allait bien pour Orsen jusqu'au jour où il perdit son ballon rouge. Il adorait jouer avec et fut contrarié toute la journée. Le soir, sa maman lui servit un gros bol de soupe et lui dit en lui caressant la tête :

« Que se passe-t-il mon garçon ? Tu as l'air malheureux.

— Oui maman, répondit-il, la tête baissée. Je suis très triste, car j'ai perdu mon ballon préféré, je n'ai vraiment pas de chance.

— Ne t'inquiète pas, répondit sa mère. Il réapparaîtra, et s'il ne réapparaît pas c'est que les choses devaient être ainsi. »

Orsen n'était pas d'accord avec sa mère, les choses ne pouvaient pas être ainsi, il allait retrouver son ballon coûte que coûte !

Ce soir-là il s'endormit très triste sans se rendre compte que sur sa tête un tout petit nuage noir s'était formé.

Le lendemain matin, Orsen se réveilla de mauvais poil. Il mit un peu de temps à émerger et se leva d'un bond lorsque le souvenir du ballon perdu lui revint à la mémoire. Il pesta et râla encore une fois en déplorant sa perte et fila à la douche sans remarquer le nuage gris qui le suivait, toujours au-dessus de sa tête.

À 9 h 02 il sortit en courant de chez lui pour attraper l'âne qui faisait le ramassage scolaire, mais il s'aperçut qu'il ne l'avait pas attendu et que tout le monde était en route pour l'école, sans lui. Il tapa du pied en disant :

« C'EST INJUSTE ! Pourquoi je n'ai jamais de chance ? »

Cela augmenta sa mauvaise humeur et sa tristesse. Il enfourcha sa bicyclette bleue et partit à l'école en pédalant à toute vitesse.

La journée fut longue pour Orsen, il voulait écouter la maîtresse, mais ses pensées étaient brouillées. Il n'arrivait pas à rigoler et à sourire avec ses amis comme d'habitude, quelque chose le tracassait. Il repensait à ce ballon et à cette journée qui avait mal commencé. Et pendant qu'il rêvassait la tête affalée sur sa main tout en regardant à l'extérieur de la salle de classe, il ne s'aperçut pas que le nuage au-dessus de sa tête était alors devenu aussi gros que lui.

À midi, il se rendit à la cantine pour prendre son déjeuner, mais il ne vit aucun de ses camarades.

Étonné, il demanda à Sophie la tortue où étaient passés tous les autres.

« Je ne sais pas Orsen, mais ils sont tous rentrés chez eux !

— Quoi ! s'écria l'ourson visiblement énervé. Mais pourquoi ont-ils tous eu le droit de rater l'école sauf moi ? Je n'ai vraiment pas de chance ! » s'exclama-t-il.

L'après-midi fut long et Orsen joua tout seul durant la récréation, car Sophie se reposait dans sa carapace.

Il fut presque soulagé lorsque la maîtresse sonna le début de la reprise des classes.

Orsen regarda partir l'âne du ramassage scolaire en fronçant les sourcils : sa bicyclette bleue l'attendait, il allait devoir également faire le chemin du retour avec.

Il pédalait depuis quelques dizaines de mètres lorsque son pneu roula sur une branche épaisse. Celui-ci se dégonfla comme un ballon de baudruche, aussi vite qu'un éclair, et la bicyclette envoya valdinguer Orsen dans les feuillages d'un buisson.

Orsen eut le poil hérissé, il pleura toutes les larmes de son corps et donna un gros coup de pied à sa bicyclette en criant :

« Mais pourquoi moi ? Pourquoi ai-je si peu de chance ? »

Il reprit le chemin le menant jusqu'à sa maison, les épaules basses. Il tapait sur des amas de feuilles et sautait à cloche-pied pour faire passer le temps plus rapidement, en poussant son vélo.

Il tapa une fois de plus dans un tas de feuilles et fut surpris par une sensation étrange : quelque chose se cachait en dessous. Les feuilles volèrent dans tous les sens et une forme ronde et rouge apparut.

Orsen écarquilla les yeux : il n'en revenait pas ! C'était son ballon rouge ! Il sauta de joie tandis qu'il le plaça dans le panier de son vélo.

Il fut tellement empli de joie qu'il se dépêcha de rentrer à toute vitesse pour arriver rapidement chez lui afin de pouvoir y jouer.

En arrivant devant sa cabane, il trouva sa mère qui étendait le linge.

Elle sourit dès qu'elle l'aperçut.

Orsen avait toujours un air triste sur son visage. La maman ours s'approcha de lui et le prit dans ses bras.

« Que se passe-t-il, mon petit ours ?

— Je n'ai jamais de chance, maman ! Aujourd'hui, j'ai raté le ramassage scolaire, j'ai dû pédaler jusqu'à l'école en vélo, puis je me suis retrouvé seul à la récréation, car tous les autres élèves étaient rentrés chez eux ! Et comme j'avais mon vélo avec moi, j'ai dû aussi rentrer à vélo, le pneu s'est dégonflé, je suis épuisé !

— Tu sais mon chéri, la vie ne te punit pas. Chaque évènement, qu'il soit positif ou négatif, est là pour t'aider ou t'enseigner quelque chose qui t'aidera dans ton évolution.

— Qu'est-ce que l'évolution ? demanda l'ourson curieux.

— L'évolution d'une personne, c'est sa capacité à devenir meilleure de jour en jour, et surtout de s'aimer et d'aimer les autres chaque jour davantage.

— Est-ce que cela signifie que dans chaque évènement je dois chercher comment devenir meilleur ?

— Tu as tout compris ! s'exclama sa maman en l'embrassant sur le front.

— Mais comment faire si je n'arrive pas à comprendre le but d'une chose triste qui m'arrive ?

— Dans ce cas-là, le temps sera ton ami : tôt ou tard tu comprendras. Plus tu apprendras à ne pas te laisser influencer par les épreuves de la vie et moins elles te paraîtront difficiles.

— Mais quand je suis énervé, je n'arrive pas à oublier ! dit l'ourson en baissant la tête. Je tape du pied et je suis très en colère et triste à la fois.

— Suis-moi », lui dit sa maman en lui prenant la patte.

Orsen suivit sa maman en direction de la clairière. Elle lui désigna le reflet de l'eau.

« Regarde-toi », lui souffla-t-elle à l'oreille.

Orsen s'approcha de l'eau, un peu étonné. Soudain il ouvrit grand ses yeux : au-dessus de son reflet se trouvait un gigantesque nuage noir-gris. Il se tourna vers sa maman, effrayé :

« Mais pourquoi ce gros nuage est-il au-dessus de ma tête ?

— Ce nuage reflète ta météo des pensées mon chéri. Lorsque tu es positif et que tu vois le bon côté de la vie, ta météo est ensoleillée et elle laisse rayonner le soleil partout dans ton être. En revanche, lorsque tu es triste et en colère, ou que toutes autres émotions négatives te traversent, la météo devient morose et ce nuage grandit et grandit en prenant toute la place. Résultat, il n'y a plus du tout de place pour le soleil !

— Mais ce n'est pas moi qui ai appelé ce nuage pourtant, répondit-il, pensif.

— Chacun est responsable de sa météo personnelle : s'il pleut chez toi, c'est que tu as laissé la pluie entrer dans ta maison, alors il est temps de faire revenir le soleil.

— Donc je dois chercher le positif dans chaque situation et si je n'y arrive pas, je laisse passer du temps afin de faire revenir le beau temps !

— Tu as tout compris mon chéri ! » répondit sa mère très fière.

Orsen rentra chez lui et repensa aux paroles de sa maman jusqu'au moment du coucher.

Il réfléchit à sa journée d'aujourd'hui :

Il était fâché de s'être levé en retard, puis il avait râlé d'avoir dû pédaler et ensuite de s'être retrouvé tout seul à la récré avec Sophie. Ensuite, il avait trouvé l'après-midi très long sans ses camarades et était rentré à la maison.

Il réfléchit et alla chercher un cahier et un stylo. Il décida qu'il allait trouver le soleil dans chaque évènement, alors il écrivit :

*- M'être levé en retard : j'ai pu dormir plus que d'habitude !*

*- Avoir raté le ramassage scolaire : j'ai eu l'autorisation d'utiliser mon vélo en semaine.*

*- Me retrouver seul à la récré :*

« Je ne sais toujours pas quoi en retirer donc je laisse vide », dit-il en mordillant le capuchon, hésitant.

Il reprit :

*- Être rentré à vélo : j'ai retrouvé mon ballon perdu !*

Il sourit. Il avait oublié cette bonne nouvelle, car il avait été trop occupé à ressasser le reste de ses ennuis.

Il se sentait mieux maintenant qu'il avait changé sa météo des pensées, il bondit du lit et alla dans la salle de bain. Il monta sur le rebord de la baignoire et regarda dans le miroir : le nuage avait rapetissé de moitié ! Il retourna se coucher le sourire aux babines.

Le lendemain, il partit à l'école à l'heure. L'âne lui fit signe de monter, encore une fois, aucun de ses camarades n'était là. Il était sur le point de râler et de se plaindre lorsqu'il repensa aux paroles de sa maman. Il leva les yeux au-dessus de sa tête et il vit qu'un petit soleil brillait. Il ne voulait pas faire revenir le nuage alors il décida de ne pas laisser cela lui miner le moral.

La matinée passa rapidement, car Orsen décida de s'intéresser aux cours et d'en tirer du positif : les mathématiques ne l'intéressaient pas, mais il fit l'effort.

La maîtresse fut très surprise et le félicita. Elle lui dit même qu'elle n'avait jamais vu un ours compter aussi vite.

La récréation arriva et Orsen sortit sous le préau de l'école. Sophie était retranchée dans sa carapace. Il décida de toquer. Un œil s'ouvrit et s'avança.

« Coucou Sophie, dit-il. Je sais que tu aimes faire la sieste pendant la récréation, mais j'aimerais jouer avec toi. »

Le deuxième œil s'ouvrit en grand et la tête sortit, étonnée.

« Tu veux jouer avec moi ? répondit-elle timidement.

— Oui, bien sûr. Si tu le veux.

— J'aimerais beaucoup, dit-elle. En réalité, je ne fais jamais de sieste, j'attends que le temps passe, car aucun enfant ne veut jouer avec une tortue, je suis beaucoup trop lente. »

Orsen fronça les sourcils. Il ne savait pas que Sophie était exclue. Lui avait l'habitude de jouer avec les autres enfants sans jamais faire attention à elle. Il repensa aux paroles de sa maman : *« s'aimer soi et aimer les autres chaque jour davantage »*, encore une fois, sa maman avait raison.

« Je suis vraiment désolé ma pauvre Sophie d'apprendre ça. Désormais, je jouerai avec toi durant chaque récré ! »

La journée se termina et bientôt, Orsen fut déposé par l'âne devant sa cabane. Il lui tardait déjà de rentrer pour expliquer à sa maman tous les changements qu'il y avait eu dans sa vie depuis qu'il ne voyait plus les mauvaises nouvelles comme quelque chose de négatif.

Il arriva en courant dans la cabane et fut étonné de trouver sa mère, attablée avec la maman poule, la maman cochon et la maman singe. Du thé était servi et un cake aux pommes sortait du four. Leurs mines étaient déconfites. Orsen remarqua un gros nuage au-dessus de leur tête.

« Que se passe-t-il pour que vous ayez un aussi gros nuage sur vos têtes ? demanda-t-il, inquiet.

— Oh, mon pauvre Orsen ! Nos enfants ont attrapé la varicelle hier en allant à l'école. L'âne était malade et leur a transmis le virus. Ils ont tous été contaminés et ont commencé à se gratter de partout. Le directeur de l'école nous a demandé de les garder à la maison.

— Mince alors ! J'ai eu beaucoup de chance de ne pas être parmi eux ce jour-là ! »

Il s'excusa auprès des invitées et courut attraper son carnet et rajouta à côté des phrases : « avoir raté le ramassage scolaire » et « me retrouver seul à la récré » :

Je n'ai pas été contaminé par la varicelle.

Je me suis fait une nouvelle amie.

Il décida d'écrire durant plus de deux heures toutes les choses difficiles qu'il avait vécues et qui lui restaient sur le cœur. Et pour chaque ligne, il trouva une raison positive à inscrire juste à côté. Il sentit un énorme poids se libérer dans son cœur, il sentait qu'il avait réussi à évacuer des souvenirs difficiles et des émotions douloureuses. Il était si heureux que sa maman lui ait expliqué tout cela !

Une fois terminé, Orsen retourna dans la cuisine rejoindre sa maman qui était en train de cuisiner le repas du soir.

Sa mère se tourna vers lui et éclata de rire.

« Enfin Orsen ! Que fais-tu avec ce chapeau ? Il est 20 heures, il fait nuit !

— Mais maman ! J'ai un si grand soleil au-dessus de ma tête que je crois qu'il vaut mieux que je me protège des rayons ! »

*FIN*

# CE QU'IL FAUT RETENIR DE CE CONTE :

- Les évènements de la vie ne sont pas là pour nous desservir.

- Les choses négatives nous aident à grandir, et parfois sont juste un petit détour afin d'avoir quelque chose de mieux.

- Notre état d'esprit détermine la météo de notre vie.

- Nous pouvons modifier le temps juste en focalisant nos pensées sur ce que nous désirons et sur le positif.

- Certaines personnes ont plus de difficultés à se socialiser que d'autres, nous pouvons leur tendre la main et chercher à les connaître.

Printed by Amazon Italia Logistica S.r.l.
Torrazza Piemonte (TO), Italy